AF303379

Analyse de l'œuvre

Par Julie Mestrot et Ariane César

La Fille aux yeux d'or

d'Honoré de Balzac

lePetitLittéraire.fr

Rendez-vous sur lepetitlitteraire.fr et découvrez :

Plus de 1200 analyses
Claires et synthétiques
Téléchargeables en 30 secondes
À imprimer chez soi

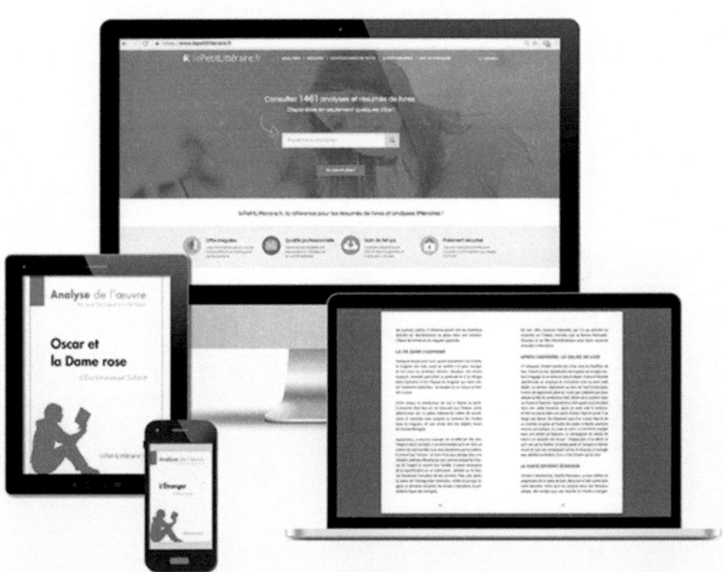

HONORÉ DE BALZAC

ÉCRIVAIN FRANÇAIS

- **Né en 1799 à Tours (Indre-et-Loire)**
- **Décédé en 1850 à Paris**
- **Quelques-unes de ses œuvres :**
  - *Les Chouans* (1829), roman
  - *Eugénie Grandet* (1833), roman
  - *Le Père Goriot* (1835), roman

Honoré de Balzac est l'un des écrivains français majeurs du XIXe siècle. Jeune homme, il s'ouvre les portes des milieux aristocratiques parisiens qu'il ne cessera de fréquenter. Mais des entreprises désastreuses et un train de vie excessif le ruineront rapidement : l'écriture littéraire, pratiquée avec passion et assiduité, deviendra pour lui le seul moyen de rembourser ses dettes.

Ambitieux, il s'attèle à une œuvre monumentale, *La Comédie humaine* (1827-1848), dont le but est de dresser un portrait exhaustif de la société de son temps. Balzac avait prévu 137 titres, répartis sur 26 volumes, pour cette œuvre, mais il mourra avant de l'avoir achevée : 90 romans seulement nous sont parvenus. Parmi ses romans les plus célèbres, on trouve *Eugénie Grandet* ou *Le Père Goriot*. Balzac est considéré comme l'un des pères du roman réaliste moderne.

LA FILLE AUX YEUX D'OR

UN TABLEAU BALZACIEN DES MŒURS PARISIENNES

- **Genre :** nouvelle
- **Édition de référence :** DE BALZAC H., *La Fille aux yeux d'or*, Paris, Flammarion, coll. « Librio », 2016, 77 p.
- **1ʳᵉ édition :** 1834
- **Thématiques :** complot, passion, pouvoir féminin, dandysme

La Fille aux yeux d'or constitue le dernier volet de la trilogie de l'*Histoire des Treize* (1833-1835), après *Ferragus, chef des Dévorants* (1833) et *La Duchesse de Langeais* (1834). Chacun des trois volets présente, à la conjonction de l'épique et de l'intime, l'un des membres de la société secrète des Treize en butte contre la résistance d'une femme.

La Fille aux yeux d'or, comme les deux nouvelles auxquelles elle fait suite, a essuyé non sans raison de nombreuses critiques. On a notamment souligné son manque de cohérence interne, mais aussi la faible unité que confère à ces trois textes l'arrière-plan souvent artificiel de la société secrète des Treize. Néanmoins, on retrouve, dans *La Fille aux yeux d'or*, les thèmes chers à Balzac : le complot, l'histoire et les passions individuelles.

RÉSUMÉ

La nouvelle s'ouvre sur un long exposé des mœurs parisiennes. Sur une vingtaine de pages, Balzac décrit selon son projet d'une « science des mœurs » (p. 23) les comportements et aspirations des diverses classes de la société de Paris, en commençant par la plus pauvre et la plus misérable, pour finir par la plus riche et la plus influente.

Paris, comparé à un enfer, se compose, à la façon de l'enfer dantesque (issu de *La Divine Comédie* [1306-1308] de Dante Alighieri [écrivain italien, 1265-1321]), de divers cercles : le premier est celui du monde ouvrier, le second celui de la petite bourgeoisie, le troisième celui de la bourgeoisie d'affaires, et enfin suivent le monde des artistes et l'aristocratie. La critique est sévère pour ce Paris personnifié en une idole ou un monstre engloutissant les hommes dans une recherche effrénée de l'or et du plaisir. La capitale est ainsi présentée comme un « vaste atelier de jouissance » (p. 9) où toutes les classes sans exception se soumettent au « maitre universel » (p. 15) qu'est la « passion [...] de l'or et du plaisir » – cette dernière expression revenant comme un leitmotiv dans la description balzacienne.

Présenté comme une exception au cœur de la population parisienne, Henri de Marsay apparait comme un homme d'une intelligence et d'une beauté supérieures, capable de se rendre maitre de cette société, rendue par contraste encore plus méprisable.

L'*Histoire des Treize*

Henri de Marsay fait partie des Treize, une ligue secrète au centre de trois romans que Balzac regroupa sous le nom *Histoire des Treize* : *Ferragus, chef des Dévorants*, *La Duchesse de Langeais* et *La Fille aux yeux d'or*.

Dans la préface de l'*Histoire des Treize*, Balzac les présente comme treize hommes qui se sont rencontrés à Paris, sous l'Empire (1804-1815) : issus de l'élite, inconnus, fortunés et unis par un pacte, ils sont « treize hommes également frappés du même sentiment, tous doués d'une assez grande énergie pour être fidèles à la même pensée, assez probes entre eux pour ne point se trahir, alors même que leurs intérêts se trouvaient opposés » (DE BALZAC H., *Histoire des Treize*, Préface, Paris, Charpentier, 1840, p. 1). Ils se sont unis pour mettre en place une « religion de plaisir et d'égoïsme » (*ibid.*, p. 8) avec « la certitude de tout faire plier sous un caprice, d'ourdir une vengeance avec habileté » (*ibid.*) dans une société qu'ils jugeaient « fausse et mesquine » (*ibid.*).

Henri de Marsay rencontre par hasard son ami Paul de Manerville aux Tuileries. Henri lui explique qu'il attend la venue d'une femme aperçue quelques jours auparavant, que Paul de Manerville reconnait comme étant « la fille aux yeux d'or » (p. 32). Celle-ci parait ensuite, accompagnée de sa duègne, et de Marsay parvient sans peine à lui arracher les signes d'une passion partagée. Cette scène est l'occasion d'une digression de l'auteur expliquant les différences parmi les dandys (un dandy est un homme élégant dans ses gouts, sa tenue et ses manières), entre les lions et les sots, soit entre de Marsay et Paul, qui est un « gros balourd » (p. 40).

Par l'intermédiaire de Laurent, son valet de chambre, de Marsay apprend le lien de la fille aux yeux d'or, qui se nomme Paquita Valdès, avec le marquis de San-Réal, et s'aperçoit que de nombreux obstacles l'empêchent de la conquérir. La jeune fille est en effet étroitement surveillée. Henri de Marsay la croit maitresse du marquis de San-Réal : « Il allait jouer cette éternelle vieille comédie qui sera toujours neuve et dont les personnages sont un vieillard, une jeune fille et un amoureux. » (p. 39)

Les obstacles enhardissent toutefois le désir de de Marsay : alors qu'une « satiété constante avait affaibli dans son cœur le sentiment de l'amour » (p. 38), « il lui fallait comme à Lovelace une Clarisse Harlowe (héroïne du roman éponyme de Samuel Richardson [écrivain anglais, 1689-1761]) » (p. 39).

À l'occasion d'un déjeuner entre Paul de Manerville et Henri de Marsay, Balzac se livre à nouveau à une dissertation sur la vie de dandy. Après avoir passé deux heures et demie à sa toilette, de Marsay explique à Paul la nécessité d'être un « fat » (p. 40) : « Le fat est le colonel de l'amour. » (*ibid.*)

C'est finalement Paquita qui trouve le moyen de faire venir Henri jusqu'à elle, en lui envoyant un fiacre dans lequel Henri aura les yeux bandés. Dans une atmosphère de mystère, Henri arrive, sans trop savoir comment, dans un salon sordide et crasseux, où se trouvent Paquita, sa mère et un Maure à l'allure imposante. Paquita lui dit le risque mortel qu'elle encourt à le rencontrer. Fier et déjà passionnément amoureux, de Marsay exige l'exclusivité de son amour sous peine de mort. Ils s'embrassent et Paquita prononce cette phrase énigmatique : « C'est la même voix [...], et... la même ardeur. » (p. 51)

Deux jours plus tard, selon le même procédé, de Marsay est conduit comme dans un « songe » (*ibid*.) dans un boudoir dont il ignore la localisation. Celui-ci, richement et délicatement orné, est un véritable écrin « éclos par la baguette d'une fée » (p. 56) et rappelle les boudoirs orientaux. Après que de Marsay a passé une robe et un bonnet de femme, conformément au désir de Paquita, les deux amants s'unissent. « Si la fille aux yeux d'or était vierge, elle n'était certes pas innocente » (p. 58), explique de Marsay. Elle exprime ensuite de nouveau sa terreur, mais de Marsay y voit un subterfuge de femme. Il se montre par ailleurs de plus en plus violent et possessif à son égard.

Au matin, pendant le déjeuner, de Marsay savoure un cigare (« Voilà une chose dont un homme ne se lassera jamais », p. 60) tout en exprimant à Paul sa nouvelle indifférence à l'égard de la fille aux yeux d'or. Il ne tarde pas à réaliser qu'il n'est pas le seul à régner sur le cœur de Paquita et qu'il n'est pour elle qu'un substitut : « Il [est] outragé dans le vif de son être. » (p. 63)

Toujours les yeux bandés, il est une nouvelle fois amené aux côtés de Paquita. Cette fois, il parvient à reconnaitre le chemin emprunté : il se trouve chez le marquis de San-Réal. L'inconstant dandy succombe enfin totalement au charme de Paquita : « L'espérance d'avoir enfin l'Être idéal avec lequel la lutte pouvait être constante, sans fatigue, ravit de Marsay qui, pour la première fois depuis longtemps, ouvrit son cœur. » (p. 68)

Mais au cœur de l'abime amoureux, Paquita prononce le nom de « Mariquita » (p. 69). Ce nom prononcé par erreur indique à de Marsay non seulement que Paquita appartient aussi à quelqu'un d'autre, mais encore que cet autre est une femme. L'homme tente alors d'étrangler Paquita, mais il en est empêché par le Maure, qui est en réalité le père naturel de cette dernière.

Une semaine plus tard, Henri de Marsay se rend avec deux membres de la société des Treize chez Paquita pour se venger. Il la trouve agonisante : elle a été assassinée par sa maitresse, la marquise de San-Réal. Il reconnait alors immédiatement en la marquise sa propre sœur. S'étant aperçue de la trahison de Paquita, elle l'avait poignardée.

ÉTUDE DES PERSONNAGES

HENRI DE MARSAY

Jeune homme de 22 ans, fils naturel de Lord Dudley et de la marquise de Vordac, Henri de Marsay a sans le savoir une demi-sœur, Euphémie, mariée au marquis de San-Réal. Cet « Adonis » (p. 23) présente tous les traits de la noblesse et de l'élégance aristocratique. Henri de Marsay est brun, grand et svelte. Sa beauté et son art consommé de l'amour lui valent de nombreuses conquêtes, dont il est finalement las. Son allure est celle d'un « fat » (p. 40) : il manifeste une grande satisfaction de soi, en particulier auprès des femmes. Le soin qu'il porte à son apparence achève d'en faire le portrait type du dandy parisien ambitieux, toujours comparé par Balzac à un « lion » (p. 26). La métaphore filée du fauve s'étend ainsi sur toute la nouvelle.

Membre de la société secrète des Treize, il brille par son intelligence froide et calculatrice, et par son esprit cynique qui le place au-dessus du commun des mortels : « Il ne croyait ni aux hommes ni aux femmes, ni à Dieu ni au diable. » (p. 26) Pourtant, cette fière confiance dans sa force est mise à l'épreuve par le « pouvoir féminin » (p. 66) de Paquita Valdès.

Ce personnage est en outre un symbole qu'il faut relier au tableau de Paris qui précède son portrait. Il signifie un certain mépris pour la masse, pour le peuple ouvrier, en même temps que pour la bourgeoisie.

Dans cette nouvelle, c'est surtout Henri de Marsay séducteur qui est présenté : Balzac dresse le portrait d'un jeune dandy « libre autant que l'oiseau sans compagne » (p. 25), qui va de conquête en conquête. Quand il rencontre pour la première fois la fille aux yeux d'or, elle n'est qu'une jeune femme comme toutes celles à qui il plait : « encore une » (p. 32), se dit-il. Pourtant, elle lui parait différente et il s'éprend de « ces deux yeux jaunes comme des tigres » (*ibid.*).

Mais sa préoccupation reste de conquérir son cœur, car il est séducteur : il a besoin d'être regardé, aimé et désiré. Et c'est gagné : « Elle s'est retournée, elle m'a vu, m'a de nouveau adoré, a de nouveau tressailli, frissonné » (p. 33), dit-il à son ami Paul.

La tentation d'entrer en contact avec elle et de la séduire est d'autant plus palpitante que la tâche est ardue, la belle étant étroitement surveillée par une duègne espagnole : « La duègne m'a rendu plus qu'amoureux, je suis devenu curieux. » (*ibid.*) À force de persévérance, il finit par obtenir un premier rendez-vous avec la jeune fille et, rapidement, il devient son amant.

Au fur et à mesure que progresse le récit, Henri de Marsay ouvre de plus en plus son cœur et ce qui devait sans doute n'être qu'une aventure de plus pour lui se transforme en une passion qui le mène à commettre l'irréparable : « Au moment où de Marsay oubliait tout, et concevait le désir de s'approprier à jamais cette créature, il reçut au milieu de sa joie un coup de poignard qui traversa de part en part son cœur mortifié pour la première fois. » (p. 69)

On retrouve ce personnage à de très nombreuses reprises dans *La Comédie humaine*. Dans *Le Contrat de mariage* (1835), il est devenu président du Conseil sous la monarchie de Juillet (1830) et retrouve Paul de Manerville. Dans *Le Père Goriot*, *Le Lys dans la vallée* (1835), *César Birotteau* (1837) et *Les Illusions perdues* (1837-1843), il est avant tout un séducteur accumulant les maitresses et il poursuit son irrésistible ascension politique.

PAQUITA VALDÈS

Maitresse de la marquise de San-Réal, Paquita est « vierge sans être innocente » (p. 58) et, jusqu'à sa rencontre avec de Marsay, les hommes sont pour elle « des anges qu'on lui [a] appris à haïr » (p. 66). Mais d'emblée, elle conçoit pour de Marsay un véritable amour : elle « [met] toute son espérance dans celui qu'elle aim[e] comme jamais aucune créature n'aima sur cette terre » (p. 444).

« Chef d'œuvre de la nature » (p. 45), « [c]hef d'œuvre de la création » (p. 56), Paquita « sembl[e] avoir été créée pour l'amour, avec un soin spécial de la nature » (p. 67). Elle « répond [...] à cette passion que sentent tous les hommes vraiment grands pour l'infini » (p. 68). En apparence parangon de la féminité et promesse d'infinies voluptés, Paquita est davantage une somme d'images qu'un personnage, un mirage plus rêvé que connu. Elle symbolise la femme castratrice. Après sa rencontre avec de Marsay, elle aspire au bonheur et à la totalité dans l'union des sexes opposés. Henri de Marsay lui-même semble prêt à changer d'existence pour elle.

PAUL DE MANERVILLE

Jeune homme arrivé de province et bénéficiant d'un riche héritage, « Paul de Manerville ne p[eut] se classer que dans la grande, illustre et puissante famille des niais qui arrivent » (p. 31). Il voue à de Marsay une admiration sans borne, se flattant d'en être l'ami. Henri de Marsay, de son côté, ne se lie à Paul que dans la perspective de pouvoir exploiter les avantages que confère à Paul sa noble ascendance (Paul est apparenté dans *La Comédie humaine* aux riches familles des Du Guénic et des d'Esgrignon).

Paul de Manerville est donc avant tout un faire-valoir de de Marsay, un terme de comparaison : il permet de rehausser la beauté et l'intelligence exceptionnelles du héros. D'autre part, il n'a, dans le récit, d'autre fonction que de fournir à de Marsay la possibilité d'exprimer ses pensées ou encore de lui donner l'occasion d'apparaitre dans un cadre mondain.

Il reparait dans *Le Contrat de mariage*, où une fois encore, de Marsay lui sert de guide.

LES SAN-RÉAL

Euphémie de San-Réal, née Margarita-Euphémia Porrabéril, fut élevée à la Havane (Cuba). Elle est la fille d'une aristocrate espagnole et de Lord Dudley, grand séducteur de femmes (« Lord Dudley trouva naturellement beaucoup de femmes disposées à tirer quelques exemplaires d'un si délicieux portrait », p. 26). Elle est donc la demi-sœur d'Henri de Marsay, auquel elle ressemble physiquement, comme on l'apprend dans les dernières pages : « En effet, deux Ménechmes ne se seraient pas mieux ressemblé. Ils dirent ensemble le même mot [...] "Lord Dudley doit être votre père ?" » (p. 74)

Elle épouse don Hijos, marquis de San-Réal, riche seigneur espagnol et ami du roi Ferdinand (roi d'Espagne, 1784-1833). Elle suit alors le marquis en Espagne et s'installe à Madrid avec Paquita Valdès, une jeune créole qu'elle a ramenée des

Antilles (mer des Caraïbes). Puis, lors de l'occupation de l'Espagne par les troupes françaises (durant la guerre d'indépendance espagnole [1807-1813]), les San-Réal s'installent à Paris, dans un hôtel particulier de la rue Saint-Lazare. Il y a une grande différence d'âge entre le marquis et son épouse : elle est jeune et très belle, il est âgé de 80 ans, souffre de la goutte et ne se déplace plus qu'appuyé sur le bras de son valet de chambre.

La marquise de San-Réal, amoureuse de Paquita et excessivement jalouse, fait surveiller celle-ci par une duègne (femme âgée espagnole, chargée de veiller sur la conduite d'une jeune fille). La passion dévorante qu'elle nourrit pour la fille aux yeux d'or la pousse à l'irréparable. En effet, elle poignarde son amante quand elle apprend que celle-ci entretient une relation avec Henri de Marsay. La nouvelle se termine sur ce crime passionnel : « Elle est morte ! se dit-elle après une pause en faisant un violent retour sur elle-même. Morte, ah ! j'en mourrai de douleur ! » (p. 75) La marquise, effondrée, décide alors de rentrer en Espagne et de se retirer au couvent de los Dolores.

CLÉS DE LECTURE

UN TEXTE DISPARATE

La Fille aux yeux d'or se présente à plusieurs égards comme une nouvelle classique. La nouvelle est un récit de fiction court (généralement moins de 50 pages) et écrit en prose. Le texte fondateur du genre est *Cent nouvelles nouvelles*, écrit en 1462 par Philippe Pot (chevalier de la Toison d'or, 1428-1493). À la fin du XVIIIe siècle, la nouvelle s'impose comme un genre à part entière.

Il est surtout apprécié des auteurs de la littérature fantastique (Dino Buzzati [écrivain italien, 1906-1972] ou Julio Cortázar [écrivain argentin, 1914-1984]), policière (Agatha Christie [romancière anglaise, 1890-1976] ou Edgar Allan Poe [écrivain américain, 1809-1849) et de science-fiction (Ray Bradbury [écrivain américain, 1920-2012] ou Jacques Sternberg [écrivain belge, 1923-2006]).

Une nouvelle se construit selon des règles d'écriture bien définies. Balzac suit, en partie, ces règles dans *La Fille aux yeux d'or*.

- Un thème qui puise son inspiration dans un fait divers ou une anecdote du quotidien : le meurtre de Paquita Valdès.

- Une intrigue au schéma narratif simple et unique (situation initiale, élément déclencheur, péripéties, élément rééquilibrant, situation finale), pour assurer la rapidité de l'action : l'histoire d'amour entre Henri de Marsay et la fille aux yeux d'or, depuis leur rencontre jusqu'au décès de la jeune fille.

- Peu de descriptions et de portraits, pour se limiter aux informations nécessaires au déroulement de l'intrigue.

- L'unité de temps (pas d'ellipse, de retour en arrière et un respect de la chronologie).

- Des personnages peu nombreux : les principaux personnages sont ici Henri de Marsay, Paul de Manerville et Paquita Valdès.

- Une chute qui crée un effet de surprise et qui aboutit à un dénouement inattendu : le lecteur s'attend à ce qu'aboutisse favorablement cette histoire d'amour ou, éventuellement, à ce que ce soit le marquis de San-Réal qui soit le rival d'Henri de Marsay.

Cependant, cette nouvelle étonne par l'importance des digressions. L'exposé sur Paris, par exemple, couvre une vingtaine de pages (sur cent) et semble sans lien avec ce qui suit. Cette impression est confirmée par le fait que certaines pages ont d'abord été publiées séparément et de façon autonome. Quant aux nombreuses réflexions sur la vie de dandy, elles ralentissent considérablement l'action, ce qui n'est pas conforme à l'esthétique de la nouvelle.

En outre, si le préambule sur Paris semble devoir anticiper une quelconque dimension politique et historique de la nouvelle, on constate par la suite qu'il n'en est rien. Bien que l'aventure de de Marsay commence pendant les Cent-Jours en 1815 (période qui voit le retour en France de Napoléon [empereur français, 1769-1821], avant son abdication définitive), seules quelques allusions rappellent les faits majeurs qui ont eu lieu cette année-là.

Balzac souligne l'indifférence de son héros à l'égard de ces évènements : de Marsay s'amuse pendant la bataille de Waterloo (1815). La seule guerre qu'il mène consiste à conquérir une femme, et ses seules armes sont la coquetterie et les bons mots. L'histoire est donc présente, mais comme force évènementielle très indirecte.

L'hétérogénéité de la nouvelle est encore confirmée par cette autre couture bien faible, placée quelques pages avant la fin et qui permet de relier l'œuvre à l'*Histoire des Treize*. Cela aurait pu conférer une dimension épique et politique au récit si elle avait été mentionnée plus tôt. Mais, à cet endroit, rien ne vient justifier dans l'économie du récit cette intervention. De même, la scène de reconnaissance entre de Marsay et sa sœur manque de vraisemblance.

ROMANTISME ET RÉALISME CHEZ BALZAC

Balzac est classé tantôt comme un auteur romantique, tantôt comme un auteur réaliste. À raison, car les deux courants se suivent et se chevauchent souvent. Balzac a écrit *La Comédie humaine* entre 1827 (*Les Chouans*) et 1848 (*L'Envers de l'histoire contemporaine*).

Chronologiquement, il se situe donc dans la période romantique, puisque l'on considère généralement que le courant réaliste débute avec *La Dame aux Camélias*, roman d'Alexandre Dumas fils, publié en 1848.

Le courant romantique s'est imposé en France de 1820 à 1850. Il est caractérisé par une rupture avec la pensée trop rationnelle de la philosophie des Lumières (philosophes du XVIIIe siècle dont les ouvrages faisaient avant tout la promotion des sciences et de l'intellect). Les auteurs romantiques, en rupture avec une société en proie aux crises politiques et dans laquelle ils ne se retrouvent plus, rêvent de liberté, d'amour et d'évasion.

Leurs écrits s'intéressent aux thèmes où peuvent s'exprimer les sentiments et la sensibilité : les voyages et le dépaysement (gout pour l'exotisme et pour l'histoire), l'expression du mal de vivre et la mélancolie, la passion amoureuse, la valeur de l'individu (exaltation du moi), la fuite du temps et la mort, l'intérêt pour la religion. Dans *La Fille aux yeux d'or*, l'intrigue est teintée de romantisme sous plusieurs aspects.

- Un amour impossible : la nouvelle se termine par la mort de Paquita, ce qui brise le couple que Paquita forme avec la marquise de San-

Réal et celui qu'elle aurait voulu former avec Henri de Marsay. Dans la bouche de Paquita, ces paroles résonnent comme le mot de la fin : « S'il ne m'aime plus, s'il me hait, tout est fini. » (p. 71)

- La passion amoureuse dévorante de la marquise de San-Réal : Balzac se plait à peindre les passions violentes et démesurées, comme le font les auteurs romantiques. On retrouve des personnages qui sombrent dans la folie furieuse. La marquise, dans un excès de jalousie, assassine Paquita dont Henri de Marsay découvre le « corps, déchiqueté à coups de poignard » (p. 73).

- L'expression des sentiments et du dégout de la vie : « Je vivrai, moi ! je vivrai malheureuse, je suis réduite à ne plus aimer que Dieu ! » (p. 74), s'exclame la marquise de San-Réal.

- Des portraits peu réalistes, qui font de l'humain un être quasi irréel, presque surnaturel : « Cette fille [Paquita] semblable à une chatte qui veut venir frôler vos jambes, une fille blanche à cheveux cendrés, délicate en apparence, mais qui doit avoir des fils cotonneux sur la troisième phalange de ses doigts ; et le long des joues un duvet blanc [...] » (p. 32)

- Des descriptions mystérieuses et étranges, comme l'hôtel inaccessible où réside Paquita, car « il n'y a pas une porte aussi mystérieuse que l'est celle de monsieur de San-Réal » (p. 36). Balzac fait aussi évoluer ses personnages dans des pièces empreintes d'exotisme, comme le boudoir de Paquita, « tendu d'une étoffe rouge, sur laquelle était posée une mousseline des Indes cannelée comme l'est une colonne corinthienne [...] » (p. 54)

Le courant réaliste, auquel on associe souvent le naturalisme d'Émile Zola (écrivain français, 1840-1902) et des frères Edmond Goncourt (écrivain français, 1822-1896) et Jules Goncourt (écrivain français, 1830-1870), s'étend approximativement de 1850 à 1900. On doit la reconnaissance et la définition de ce courant à l'écrivain français Champfleury (1821-1889), dans la préface son ouvrage *Le Réalisme* (1857) : « Ce n'est que plus tard, favorisé par le mouvement de 1848, que le réalisme vint se joindre aux nombreuses religions en -isme » (CHAMPFLEURY, *Le Réalisme*, Paris, éditions Lévy, 1857).

Le courant réaliste est une réaction au lyrisme des auteurs romantiques. Pour les écrivains et artistes, il s'agit maintenant de reproduire la réalité la plus fidèlement possible, en se fondant sur l'observation et les faits. Dans *La Fille aux yeux d'or*, on retrouve certaines touches réalistes.

Les peintures de mœurs et de la vie quotidienne, parfois crues (« Quelques observations sur l'âme de Paris peuvent expliquer les causes de sa physionomie cadavéreuse qui n'a que deux âges, ou la jeunesse ou la caducité : jeunesse blafarde et sans couleur, caducité fardée qui veut paraître jeune », p. 9).

Les descriptions et les portraits les plus détaillés et précis possibles : « Un des spectacles où se rencontre le plus d'épouvantement est certes l'aspect général de la population parisienne, peuple horrible à voir, hâve, jaune, tanné. » (*ibid.*)

L'évocation des problèmes économiques, sociaux et politiques rencontrés par le peuple, à la ville comme à la campagne. Dans les premières pages de *La Fille aux yeux d'or*, Balzac décrit Paris comme un enfer : « L'air des maisons où vivent la plupart des bourgeois est infect » (p. 19), et « l'atmosphère des rues crache des miasmes cruels en des arrière-boutiques où l'air se raréfie. » (*ibid.*)

Avec Balzac, le lecteur comprend que la frontière entre deux courants littéraires n'est généralement pas aussi figée qu'il n'y parait. Ainsi, à cheval sur le romantisme et le réalisme, *La Fille aux yeux d'or* présente des caractéristiques de ces deux courants.

LE TABLEAU DE PARIS : UNE SOCIOLOGIE BALZACIENNE

La description de Paris

Le tableau du « Paris moral » (p. 20), qu'il faut comprendre comme le Paris non physique, est l'occasion de l'application de cette « science des mœurs » (p. 23) chère à Balzac.

Sur le modèle des cercles de l'enfer dantesque qui a également inspiré à Balzac le titre *La Comédie humaine*, la description avance de cercle en cercle, de classe en classe, et par ordre ascendant du monde ouvrier à l'aristocratie (p. 12-18), en terminant par les artistes (p. 18-19).

Balzac file la comparaison de Paris avec un enfer, mais aussi avec une idole et avec un monstre. Cette dernière comparaison contribue, par la personnification, à donner l'image d'un Paris inquiétant, dévorant son peuple dans une course universelle à l'or et au plaisir.

La question que pose ce préambule est celle de l'objectivité de la description, de sa valeur scientifique. Une perspective anachronique pourrait s'étonner de l'absence de mention de la lutte entre les classes. C'est que le point de vue de Balzac porte sur la nouvelle société libérale naissante : la différence des classes est moins évidente qu'elle ne le sera plus tard, notamment en ce qui concerne leur répartition géographique dans Paris. C'est aussi que le terme de « classe » est emprunté par Balzac aux sciences naturelles, et il faut donc comprendre les divisions qu'il opère comme des « classes-espèces », et non pas encore comme des classes sociales au sens politique, notamment marxiste, qu'il aura plus tard.

On peut comprendre dès lors que Balzac puisse insister sur la profonde unité qui sous-tend l'ensemble de la société parisienne, et en faire une sorte de héros collectif. La recherche de l'argent et l'individualisme, qui empêche quelque regroupement d'intérêt que ce soit, sont communs à l'ensemble de ces groupes.

Il faut noter qu'ici, comme dans le reste de l'œuvre balzacienne, on ne trouve nulle trace de messianisme (croyance en un messie, un sauveur) ou de populisme (idéologie qui prône le recours au peuple). L'accent est mis sur l'inconséquence morale et politique du peuple parisien dans sa globalité. La dédicace à Delacroix (peintre français, 1798-1863) s'adresserait ainsi plus au peintre des tableaux exotiques qu'à celui de *La Liberté guidant le peuple* (1830). En effet, nulle part le peuple n'est décrit comme cette force en marche vers la liberté, comme une puissance révolutionnaire (contrairement au tableau de Delacroix).

Balzac insiste au contraire sur le délabrement de cette population partagée entre un travail harassant et le gout vulgaire pour la boisson. Il montre à plusieurs reprises que l'alcool maintient le peuple dans un état d'hébétude, sans lequel aurait lieu une révolution par semaine : « Sans les cabarets, le gouvernement ne serait-il pas renversé tous les mardis ? » (p. 12)

Balzac ne voit dans le peuple aucune grandeur, aucun espoir de changement, et il en fait une critique acerbe et virulente.

Ainsi, si la nouvelle se passe en 1815, il semble bien que ce soit plutôt le Paris de 1830 qui soit évoqué dans cette nouvelle écrite en 1834. Il s'agit d'un Paris dangereusement révolutionnaire, car sombre, inquiétant et tourmenté.

En effet, la révolution de juillet 1830, appelée aussi Trois Glorieuses parce qu'elle se déroula sur trois jours (les 27, 28 et 29 juillet), était prévisible. Des hivers rigoureux, des récoltes maigres et l'augmentation du prix des denrées affaiblissaient et appauvrissaient le peuple depuis quelques années déjà.

C'est ce peuple « engourdi » (p. 12) dont Balzac fait le portrait, ce peuple qui, dans un sursaut, dressera les barricades dans Paris et s'opposera au pouvoir établi.

Chacune des sphères de la société parisienne porte en elle le germe de la révolution : l'ouvrier « qui outrepasse ses forces » (p. 10), les bourgeois courbés « sous le fléau des ambitions » (p. 14), les hommes d'affaires « emportés par leurs existences torrentueuses » (p. 17) et, enfin, les artistes « excédés par un besoin de produire » (p. 18).

Balzac n'est pas seul alors à peindre ce Paris menaçant qui a accouché d'une révolution sanglante et destitué la branche ainée des Bourbons (rois qui se sont succédé en France du XVIe au XIXe siècle).

Victor Hugo (écrivain français, 1802-1885) dans *Dicté après Juillet 1830* (1830), Alfred de Vigny (écrivain français, 1797-1863) dans Paris et élévation (1831) ou encore Alphonse de Lamartine (poète et homme politique français, 1790-1869) dans *Contre la peine de mort* (1830) ont également abordé l'aspect terrifiant du Paris révolutionnaire.

Le dandysme

« Dandysme » est un néologisme, probablement issu de l'anglais *to dandle* qui signifie « se dandiner » et d'Andrew, personnage d'une ballade anglaise qui suivait les jeunes filles en faisant le joli cœur.

Le terme « dandy » apparait au XVIIIe siècle en Angleterre pour désigner un jeune homme élégant et excentrique, sur le modèle de George Brummell (dandy britannique, 1778-1840). Il arrive en France au XIXe siècle, vers 1815 pour désigner un jeune aristocrate anglais, séduisant par son physique, son langage et ses traits d'esprit. Son élégance se lit également dans sa tenue vestimentaire soignée.

Ce terme fut très utilisé par les auteurs romantiques et il n'est donc pas étonnant que Balzac y fasse allusion à travers ses personnages et nous parle de ces « élégants jeunes gens de Paris, tous musqués, haut cravatés, bottés, éperonnaillés, cravachant, marchant, parlant, riant, et se donnant à tous les diables » (p. 41), ces jeunes gens dont fait partie Henri de Marsay.

Il en fait une description peu flatteuse : ils « parlent, à tort et à travers, des choses, des hommes, de littérature, de beaux-arts [...] ; méprisent tout ce qu'ils ne connaissent pas ou tout ce qu'ils craignent ; puis se mettent au-dessus de tout » (p. 28) ; ce sont des élégants qui suivent la mode et portent des tenues bizarres, des insouciants qui s'amusent et font la fête sans se soucier des grands maux qui tourmentent le peuple, des jeunes hommes frivoles et inconstants qui se jouent de leurs amis et des femmes.

LE POUVOIR FÉMININ

Les lieux de rencontres entre de Marsay et Paquita apparaissent dans la nouvelle comme autant de lieux magiques rappelant les romans d'Anne Radcliffe (femme de lettres britannique, 1764-1823). Le temps du voyage même où de Marsay ne peut rien reconnaitre du parcours accompli donne à ces moments un caractère mystérieux presque fantastique, une impression de rêve.

Hors du temps, hors du monde réel, le boudoir et le salon sordide sont des lieux d'initiation, au sens où le héros y découvre une réalité qu'il ne soupçonnait pas et qui doit le transformer. Ce qu'il découvre, c'est une érotique inconnue. Le texte de Balzac contient de nombreuses allusions à ce sujet, tant sur le savoir-faire sexuel de de Marsay que sur celui de Paquita : « Tout ce que la volupté la plus raffinée a de plus savant, tout ce que pouvait connaître Henri de cette poésie des sens que l'on nomme l'amour, fut dépassé par les trésors que déroula cette fille. » (p. 58)

Le drame se déclenche au moment où de Marsay, le dandy infidèle et inconstant, peut devenir vrai et authentique dans l'amour et par l'amour.

Resurgit alors l'obstacle que leur impose une société fausse et méprisable : il est trompé, « outragé dans son être » (p. 63). Au moment où semble possible l'union des deux âmes et où de Marsay se voit enfin prêt à partager, Paquita dit le nom de sa maitresse. Ainsi, Paquita fait en toute innocence douter de Marsay de son pouvoir d'homme.

Déjà elle avait émis des doutes sur la capacité de de Marsay et de sa société secrète à la protéger contre la jalousie de la marquise de San-Réal : « Tu oublies le pouvoir féminin » (p. 66), lui avait-elle dit dans une formule à postériori significative. Et il semble en effet que Paquita représente un autre réel que dans lequel de Marsay règne comme un lion. Le rugissement du héros lorsqu'il découvre la vérité sur sa maitresse signifie certes sa rage et sa volonté d'annuler la résistance de la femme, mais il est aussi le cri d'une impuissance et d'une terreur.

Quant à Paquita, élevée dans l'ignorance des hommes et ayant appris à les haïr sans les connaitre, sa rencontre avec de Marsay est une révélation aussi bien sensuelle qu'existentielle, dont elle sera finalement la victime. Dès lors,

Paquita peut apparaitre comme une femme à la recherche de l'unité, tant dans les plaisirs du corps que dans ceux que confère l'union complète et légitime des deux sexes, ici valorisée.

Aussitôt Paquita morte, de Marsay retourne à son jeu de dandy parisien, pour qui les femmes sont des instruments indifférents de plaisir ou d'ascension sociale. Avec sa sœur, son double sadique, figure de l'homosexuelle castratrice, tous deux reviennent en effet au monde divisé, où l'authenticité des cœurs est si rare, peut-être à cause de cette société parisienne précédemment décrite.

La Fille aux yeux d'or est une nouvelle qui offre une lecture à deux niveaux. D'une part, l'aspect romantique mêle passion et haine. Le lecteur suit alors l'histoire tragique d'un amour compliqué, celui d'un jeune homme, prisonnier de son image de dandy et collectionneur d'aventures amoureuses, pour une jeune fille elle-même prisonnière de sa liaison avec une autre femme. D'autre part, Balzac offre au lecteur une mine de renseignements sur le Paris du XIXe siècle, sa société et ses travers, poursuivant ainsi l'objectif qu'il s'était fixé en commençant la rédaction de

La Comédie humaine : dresser une vaste fresque
de la société de son époque.

PISTES DE RÉFLEXION

QUELQUES QUESTIONS POUR APPROFONDIR SA RÉFLEXION...

- Étudiez la métaphore filée qui associe de Marsay à un fauve. Quelle est sa signification ?
- Quelle peut être la symbolique des yeux jaunes de Paquita Valdès ?
- Étudiez les figures de style dans *La Fille aux yeux d'or*. Quels effets produisent-elles ?
- Le tableau de Paris peint par Balzac vous semble-t-il relever d'une idéologie antilibérale ?
- En quoi *La Fille aux yeux d'or* a pu choquer les lecteurs de nouvelles classiques ? Expliquez à l'aide d'exemples.
- Quelle signification donner à la chute de la nouvelle ? En quoi engage-t-elle à une relecture de ce qui a précédé ?
- Balzac est souvent considéré comme un auteur à la frontière entre le romantisme et le réalisme. Où réside l'esthétique réaliste dans cette nouvelle ? Justifiez.

- Relevez les nombreuses références littéraires explicites dans la nouvelle. Quel est leur rôle ?
- Procédez à une lecture comparée de *La Fille aux yeux d'or* et de *La Duchesse de Langeais*. En quoi ces deux nouvelles présentent-elles les femmes comme autant de forces d'exclusion du principe viril ?
- Comparez Paquita Valdès et la duchesse de Langeais aux personnages féminins des *Scènes de la vie privée* (1829) et des *Études de femmes* (1830) de Balzac.

POUR ALLER PLUS LOIN

ÉDITION DE RÉFÉRENCE

- DE BALZAC H., *La Fille aux yeux d'or*, Paris, Flammarion, coll. « Librio », 2016, 77 p.

ÉTUDES DE RÉFÉRENCE

- BARBÉRIS P., *Balzac et le mal du siècle*, Paris, Gallimard, coll. « Bibliothèque des idées », 1970.

- CHAMPFLEURY, *Le Réalisme*, Paris, éditions Lévy, 1857.

- DEZUTTER O. et HULHOVEN Th., *La Nouvelle*, Bruxelles, Didier Hatier, 1996.

- DIAZ J.-L., « Portrait de Balzac en écrivain romantique », in *L'Année balzacienne*, Paris, Presse Universitaires de France, n° 1, 2000, p. 7-23.

- FRAGONARD M.M., *Précis d'histoire de la littérature française*, Tours, Didier, 1992.

- GRACQ J., *En lisant, en écrivant*, Paris, José Corti, 1981.

- MÉNARD M., *Balzac et le comique dans* La Comédie humaine, Paris, PUF, 1983.

- NOUAILHAC I. et NARTEAU C., *Mouvements littéraires français du Moyen Âge au XIXe siècle*, Paris, Flammarion, coll. « Librio », 2005.

SUR LEPETITLITTÉRAIRE.FR

- Fiche de lecture sur *Eugénie Grandet* d'Honoré de Balzac.

- Fiche de lecture sur *Ferragus* d'Honoré de Balzac.

- Fiche de lecture sur *Les Illusions perdues* d'Honoré de Balzac.

- Fiche de lecture sur *L'Élixir de longue vie* d'Honoré de Balzac.

- Fiche de lecture sur *La Cousine Bette* d'Honoré de Balzac.

- Fiche de lecture sur *La Duchesse de Langeais* d'Honoré de Balzac.

- Fiche de lecture sur *La Femme de trente ans* d'Honoré de Balzac.

- Fiche de lecture sur *La Peau de chagrin* d'Honoré de Balzac.

- Fiche de lecture sur *Le Bal de Sceaux* d'Honoré de Balzac.

- Fiche de lecture sur *Le Chef-d'œuvre inconnu* d'Honoré de Balzac.

- Fiche de lecture sur *Le Colonel Chabert d'Honoré de Balzac*.

- Fiche de lecture sur *Le Lys dans la vallée* d'Honoré de Balzac.

- Fiche de lecture sur *Le Père Goriot* d'Honoré de Balzac.

- Fiche de lecture sur *Les Chouans* d'Honoré de Balzac.

- Fiche de lecture sur *Sarrasine* d'Honoré de Balzac.

Retrouvez notre offre complète sur lePetitLittéraire.fr

- des fiches de lectures
- des commentaires littéraires
- des questionnaires de lecture
- des résumés

ANOUILH
- Antigone

AUSTEN
- Orgueil et Préjugés

BALZAC
- Eugénie Grandet
- Le Père Goriot
- Illusions perdues

BARJAVEL
- La Nuit des temps

BEAUMARCHAIS
- Le Mariage de Figaro

BECKETT
- En attendant Godot

BRETON
- Nadja

CAMUS
- La Peste
- Les Justes
- L'Étranger

CARRÈRE
- Limonov

CÉLINE
- Voyage au bout de la nuit

CERVANTÈS
- Don Quichotte de la Manche

CHATEAUBRIAND
- Mémoires d'outre-tombe

CHODERLOS DE LACLOS
- Les Liaisons dangereuses

CHRÉTIEN DE TROYES
- Yvain ou le Chevalier au lion

CHRISTIE
- Dix Petits Nègres

CLAUDEL
- La Petite Fille de Monsieur Linh
- Le Rapport de Brodeck

COELHO
- L'Alchimiste

CONAN DOYLE
- Le Chien des Baskerville

DAI SIJIE
- Balzac et la Petite Tailleuse chinoise

DE GAULLE
- Mémoires de guerre III. Le Salut. 1944-1946

DE VIGAN
- No et moi

DICKER
- La Vérité sur l'affaire Harry Quebert

DIDEROT
- Supplément au Voyage de Bougainville

MALRAUX
• La Condition
  humaine

MARIVAUX
• La Double
  Inconstance
• Le Jeu de l'amour
  et du hasard

MARTINEZ
• Du domaine
  des murmures

MAUPASSANT
• Boule de suif
• Le Horla
• Une vie

MAURIAC
• Le Nœud
  de vipères

MAURIAC
• Le Sagouin

MÉRIMÉE
• Tamango
• Colomba

MERLE
• La mort est
  mon métier

MOLIÈRE
• Le Misanthrope
• L'Avare
• Le Bourgeois
  gentilhomme

MONTAIGNE
• Essais

MORPURGO
• Le Roi Arthur

MUSSET
• Lorenzaccio

MUSSO
• Que serais-je
  sans toi ?

NOTHOMB
• Stupeur et
  Tremblements

ORWELL
• La Ferme
  des animaux
• 1984

PAGNOL
• La Gloire de
  mon père

PANCOL
• Les Yeux jaunes
  des crocodiles

PASCAL
• Pensées

PENNAC
• Au bonheur
  des ogres

POE
• La Chute de la
  maison Usher

PROUST
• Du côté de
  chez Swann

QUENEAU
• Zazie dans
  le métro

QUIGNARD
• Tous les matins
  du monde

RABELAIS
• Gargantua

RACINE
• Andromaque
• Britannicus
• Phèdre

ROUSSEAU
• Confessions

ROSTAND
• Cyrano de
  Bergerac

ROWLING
• Harry Potter à
  l'école des sor-
  ciers

SAINT-EXUPÉRY
• Le Petit Prince
• Vol de nuit

SARTRE
• Huis clos
• La Nausée
• Les Mouches

SCHLINK
• Le Liseur

SCHMITT
- La Part de l'autre
- Oscar et la Dame rose

SEPULVEDA
- Le Vieux qui lisait des romans d'amour

SHAKESPEARE
- Roméo et Juliette

SIMENON
- Le Chien jaune

STEEMAN
- L'Assassin habite au 21

STEINBECK
- Des souris et des hommes

STENDHAL
- Le Rouge et le Noir

STEVENSON
- L'Île au trésor

SÜSKIND
- Le Parfum

TOLSTOÏ
- Anna Karénine

TOURNIER
- Vendredi ou la Vie sauvage

TOUSSAINT
- Fuir

UHLMAN
- L'Ami retrouvé

VERNE
- Le Tour du monde en 80 jours
- Vingt mille lieues sous les mers
- Voyage au centre de la terre

VIAN
- L'Écume des jours

VOLTAIRE
- Candide

WELLS
- La Guerre des mondes

YOURCENAR
- Mémoires d'Hadrien

ZOLA
- Au bonheur des dames
- L'Assommoir
- Germinal

ZWEIG
- Le Joueur d'échecs

www.lepetitlitteraire.fr

ISBN version numérique : 978-2-8062-1964-0
ISBN version papier : 978-2-8062-1109-5
Dépôt légal : D/2017/12603/981

Avec la collaboration d'Ariane César pour l'étude des personnages « Les San-Réal », ainsi que pour les chapitres « Le dandysme » et « Le romantisme et le réalisme chez Balzac ».

Conception numérique : Primento, le partenaire numérique des éditeurs.

Ce titre a été réalisé avec le soutien de la Fédération Wallonie-Bruxelles, Service général des Lettres et du Livre.